Velhos Amigos

Ecléa Bosi

Velhos Amigos

Ilustrações de
Odilon Moraes

Apresentação de
Adélia Prado

Ateliê Editorial

Copyright do texto © 2003 by Ecléa Bosi
Copyright das ilustrações © 2003 by Odilon Moraes

Direitos reservados e protegidos pela Lei 9.610 de 19 de fevereiro de 1998.
É proibida a reprodução total ou parcial sem autorização, por escrito, da editora.

1ª ed., Ateliê Editorial, 2019

Dados Internacionais de Catalogação na Publicação (CIP)
(Câmara Brasileira do Livro, SP, Brasil)

Bosi, Ecléa, 1936-2017
Velhos Amigos / Ecléa Bosi; ilustrações de Odilon Moraes; apresentação de Adélia Prado. – Cotia, SP: Ateliê Editorial, 2019.

ISBN 978-85-7480-841-3

1. Crônicas brasileiras I. Moraes, Odilon. II. Prado, Adélia. III. Título.

19-30529   CDD-B869.8

Índices para catálogo sistemático:

1. Crônicas: Literatura brasileira   B869.8

Maria Paula C. Riyuzo – Bibliotecária – CRB-8/7639

ATELIÊ EDITORIAL
Estrada da Aldeia de Carapicuíba, 897
06709-300 – Cotia – SP – Brasil
Tel.: (11) 4702-5915
www.atelie.com.br | contato@atelie.com.br
facebook.com/atelieeditorial | blog.atelie.com.br

Printed in Brazil 2019
Foi feito depósito legal

Sumário

Carta à Autora – *Adélia Prado* 9

Ao Alcance da Mão 13
As Crianças de Parma 17
A Ilha da Maré 23
Pinóquio em Auschwitz 27
O Espanta-baratas 33
O Arcebispo e o Pastorzinho 37
Objeto e Pé 41
Os Dois Judeus de Cabelo Vermelho 45
Os Rios de Hiroshima 51
Velhos Amigos 55
Aventura nos Confins do Mar 61
A Festa de São João 65
Em Ouro Preto 71
História de Onça 77
Natal em Florença 81
Para Quem Gosta de Cabaças 85

Rapto em Lisboa..89
A Primeira Vez que Vi um Francês......................95
O Mistério da Bengala Oca...............................99
Sete Cachoeiras...103
Setembro..107
Não Tenho Cachorros...................................111

Sobre a Autora..115
Sobre o Ilustrador..117

Carta à Autora

Ecléa,

Velhos Amigos me acordou paisagens onde jabuticabas ainda frias de orvalho e cacarejos de galinhas zangadas compõem um mundo sem sobressaltos, onde contar histórias faz parte de um bom café.

Diz você que o livro é para crianças e jovens. Mas não fingimos, às vezes, que estamos vigiando meninos, para mergulharmos com gozo em suas artes?

Velhos Amigos bate à porta e o recebemos na cozinha, lugar bom de escutar o guardado na memória do afeto.

As histórias das cabaças, da deusa Ceres, de Ouro Preto, líricas e nostálgicas, me revelam sua marca.

São ouvidos sensíveis os que você tem, seguidos de delicada voz para narrar.

Adélia Prado

*Para dona Ema
meu grande amor de sempre*

Ao Alcance da Mão

De onde vêm as histórias? Elas não estão escondidas como um tesouro na gruta de Aladim ou num baú que permaneceu no fundo do mar. Estão perto, ao alcance de sua mão. Você vai descobrir que as pessoas mais simples têm algo surpreendente a nos contar.

Uma jovem certa vez perguntou ao educador Paulo Freire como ele havia conseguido entender gente de tantos países e ser admirado por povos de línguas e culturas tão diferentes. Ele revelou um segredo. Quando menino, nas ruas e pontes da sua cidade do Recife, vivia conversando com velhos, mendigos, vendedores ambulantes. Tinha recebido deles um coração aberto a todos os viventes.

Nunca nos cansamos de escutar fábulas e contos do folclore porque eles têm raízes profundas na humanidade. Foram criados há muitos séculos e nos acompanharão sempre.

Que diferença das histórias sem raízes que você escuta hoje e esquece amanhã!

Os adultos são gente séria, que parece ocupada dia e noite, mas do seu trabalho pode sobrar um pouco de fantasia para nós. A costureira deixa cair retalhos de tecidos de todas as cores no chão. O marceneiro, pedacinhos de madeira. A cozinheira faz um desenho com os grãos de feijão que escolhe na mesa, e quem varre a casa pode dançar com a vassoura. É do cotidiano que brota a magia, a brincadeira que vai transformando uma coisa em outra.

Se conto histórias é porque em longas caminhadas precisava distrair meus amiguinhos: dessa maneira encurtava estradas sem fim.

Abra os olhos e apure os ouvidos. É só prestar atenção. Ao pintor que, do alto da escada, com seu gorro de jornal, vai colorir as paredes da casa. Ao padeiro que hoje se inspirou e fez pães em forma de dragão e tartaruga (não passe indiferente pela vitrine).

Você testemunha grandes e pequenos episódios que estão acontecendo à sua volta. Um dia será chamado a contar também.

Então verá que o tecido das vidas mais comuns é atravessado por um fio dourado: esse fio é a história.

O que está escrito neste livro sempre esteve ao alcance da mão, e, se lhe alegra saber, tudo é verdadeiro. E há um conto, "Não Tenho Cachorros", metade vivido, metade sonhado. É para lembrar que os seres fracos e diferentes têm sua força e seu mistério.

Um trem cheio de crianças numa gravura do quarto da avó: dele desceram "As Crianças de Parma".

A onça do cerrado está de tocaia em sua grota no fundo do rio seco.

"O Mistério da Bengala Oca" aconteceu tintim por tintim, e dona Ema ainda lembra, para nossa alegria.

Dominguinho conta de novo, para os que quiserem ouvir, sua aventura nas "Sete Cachoeiras".

Quem não deseja ter uma ilha? Poucos conseguem encontrar a sua, mas seu Liberato aportou na "Ilha da Maré".

Velho em cadeira de balanço é boa história na certa.

Foi assim que escutei "Pinóquio em Auschwitz", "O Arcebispo e o Pastorzinho", "Os Dois Judeus de Cabelo Vermelho"...

Quando um avô fica quietinho, com o olhar perdido no passado, não perca a ocasião. Tal como Aladim da lâmpada maravilhosa, você descobrirá os tesouros da memória.

Se ter um velho amigo é bom, ter um amigo velho é ainda melhor.

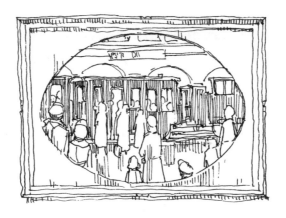

As Crianças de Parma
Descrição de uma gravura do início do século xx

O menino subiu na cadeira para ver o quadro na parede, como sempre fazia. Era o desenho de uma estação com um trem chegando.

Espiou pelas janelas dos vagões e viu que estavam apinhados de crianças. Na estação, muita gente com bandeiras parecia à espera.

O menino sabia que sua avó estivera naquela estação, naquele mesmo dia, e por isso gostava tanto do quadro.

Ele também gostaria de ter estado lá para ver o trem chegar. Nunca se cansou de escutar cada detalhe da história tão contada e recontada, que sabia de cor. Agora estava sozinho no quarto, com os olhos bem perto do quadro, e ficou à espera também, como se escutasse o apito do trem se aproximando.

Sentiu de repente um ventinho fresco no rosto e percebeu que as bandeiras começaram a se mexer.

Não se assustou com o vento que soprava do mar porque tudo acontecera no porto de Gênova, na Itália.

Quem estivesse em Gênova naquele dia com certeza iria para a praça da estação. Foi o que ele fez.

Viu no pórtico a estátua de um genovês cheio de imaginação: Cristóvão Colombo. Apreciou a multidão vestida com seus trajes do início do século XX.

Naquela agitação festiva ninguém percebeu que ele tinha vindo do outro lado da moldura, e que havia pulado de uma cadeira do quarto da avó para o meio da multidão.

Foi procurando alguma cara conhecida e não tardou a encontrar um estrangeiro que reconheceu logo: era o escritor russo que sua avó havia encontrado naquele dia.

Máximo Gorki vivia exilado na Itália e caminhava observando tudo, na certa pensando nos futuros leitores dos seus contos italianos.

Ele pareceu bem à vontade ao lado do menino brasileiro, e juntos admiraram rebrilhando ao sol as bandeiras e os estandartes de corporações de trabalhadores.

No sopé da estátua de Colombo, os músicos afinavam seus instrumentos.

Mulheres e crianças apareciam nas sacadas e janelas carregando flores.

Não havia palanques, nem se escutavam discursos; apenas um murmúrio impaciente.

Quando o trem apitou perto da estação, a multidão estremeceu. À medida que o trem se aproximava, os chapéus começaram a voar numa alegria incontida.

Foi se abrindo um claro, uma passagem larga para a qual convergiam olhares umedecidos. O que era aquele silêncio repentino quando o trem parou?

Viram desfilar pela passagem aberta uma procissão de crianças: vinham em grupos, de mãos dadas, e pareciam miúdas e franzinas.

Suas roupas eram pobres e quase esfiapadas. Muitas calçavam tamanquinhos, desses que se talhavam em casa nas noites de inverno.

À visão daqueles pequenos viajantes os estandartes se inclinaram, os clarins tocaram, aclamações ressoaram.

"Viva a Itália!"

"Longa vida às crianças de Parma!"

Janelas, campanários e telhados derramam uma chuva de flores e toda a cidade parece rejuvenescer.

O estrangeiro consegue abordar alguém que lhe dá a explicação desejada:

"Meu amigo, hoje a cidade recebe os filhos de Parma. Lá, os operários protestam contra uma situação de miséria e uma jornada de trabalho muito dura. Estão sustentando uma greve há meses, mas já iam desistindo ao verem as crianças adoecer de fome. Resolvemos então ajudar os companheiros, fazendo vir seus meninos para que Parma continue na luta até a vitória."*

O povo, que se afastou para abrir passagem, começa a se aproximar dos recém-chegados. Homens de rosto sério já

---

* Máximo Gorki, "Acolhida às Crianças de Parma".

erguem os pequenos nos ombros. Como o pai de um único moleque arteiro que se desforra carregando para si uma menina tímida como um ratinho.

Os menores já repousam nos peitos largos que os acolhem.

Um velho militante de fisionomia temível consegue desanuviar as caras assustadas imitando de repente o canto do galo.

As previdentes genovesas, de cabelos negros, vão alimentando sem demora os viajantes com o pão tirado do forno hoje cedo.

O sapateiro de avental de couro se inclina para o garoto com o chapéu enterrado até os ombros e descobre um rostinho desfigurado pelas privações.

"Eu quero duas crianças, Ana."

"Eu também quero duas, mas uma tem que ficar para... dona Júlia."

E de fato, dona Júlia se aproxima ofegante, com medo de que não sobre nenhum menino para sua casa.

As famílias vão partindo, e a todo momento se ouve uma gargalhada, pois, além de tudo, é uma peça que se está pregando nos poderosos de Parma.

Sob o olhar de aprovação do descobridor do Novo Mundo, todas as crianças se foram nos braços dos genoveses.

O menino ficou sozinho na praça. Ainda quis guardar no bolso um papelzinho de bala, uma pétala de flor, mas não deu tempo.

Já não soprava o vento do mar, tinha caído de novo sobre a cadeira do quarto da avó.

Sentiu-se feliz. Ele havia descoberto no seu mundo uma brecha para entrar no passado.

A Ilha da Maré

O táxi parou de novo; outro engarrafamento. O chofer parecia tão cansado como eu. Via seus ombros magros e pelo espelhinho captei um olhar azul e preciso.

Parecia velho. Mas por que a chama de teimosia nos olhos? Sorri, então, e pegamos a conversar.

"Estou há quarenta anos rodando na praça, batendo os costados por aí. Vida dura.

Sempre morei em Santo Amaro, desde que casei. Atrás da nossa casa só tinha eucalipto. Depois veio o progresso, asfaltaram a rua e aquilo virou um inferno. Quando derrubaram o último eucalipto para abrir a marginal, a minha mulher foi lá, arrancou um pedaço da casca e pendurou na parede da sala. Hoje ela conta pros vizinhos novos:

'É o que restou do bosque, vejam só!'

Joana é assim. Não esquece nada. As duas filhas, graças a Deus, estudaram o que quiseram. Dei duro, comi um pão amargo no começo, mas elas estudaram. Casaram já faz muito tempo. E a vida ficou um pouco mais aliviada. Cheguei a juntar uns cobres. Joana queria mobília nova. As meninas se envergonham dos nossos cacarecos. Um dia falei:

'Pronto, Joana, vai escolher teu sofá, tua mesa, teus móveis. Toma o dinheiro.'

Mas ela não quis. Tem mãe na Bahia e encasquetou de visitar a velha. Fui amarrado, contra a vontade, mas ela preferiu assim...

Agora é que vem a loucura da minha vida. Ouça: um compadre deles estava querendo vender uma ilhota que tinha herdado. Ficava retirada no mar, na direção da embocadura do rio, e não lhe servia para nada. Comprei a ilha.

Eu, Liberato, que nunca paguei fiado, que nunca dei um passo maior que as pernas, comprei uma ilha. Eu, que deixei meus móveis cair aos pedaços para não pagar prestação, comprei uma ilha.

Voltei para cá sem um tostão no bolso, dia e noite no batente.

Todos diziam: 'Seu Liberato ficou louco!'

E o pior é que a Joana me acompanhou. Antes de voltar para São Paulo, fomos de canoa nos despedir da ilha. Era só capim e pedra.

Subimos no pico e Joana começou:

Vamos fazer a casa aqui no cocuruto?'

E eu:

'Vamos.'

'Vamos plantar mangueiras e coqueiros e jaqueiras tudo em roda, até embaixo, na beira do mar?'

'Vamos.'

'A gente pode plantar dendê e ir vender o dendê na embocadura do rio, lá no entreposto.'

'Mas nós não temos barco, Joana!'

Voltamos para São Paulo. A gente economizava, mandava um dinheirinho para lá. Aos poucos, conseguimos plantar as frutas em círculos, como ela queria. Anos depois, pudemos levantar uma cabana lá no alto. É um cômodo só, mas amplo. E o que se avista das janelas!

O mais difícil foi a lancha a motor. São muito caras, mas agora já vou dar entrada numa. Então, sim, podemos ir morar na ilha. Tenho aposentadoria e posso vender o dendê para ajudar. E as mangas.

Joana e eu já ficamos velhos e faz dez anos que a ilha está esperando nós dois."

O táxi parou. Paguei e desci. Seu Liberato me estendeu um cartão pela janela.

"Se um dia for para lá, dê uma esticada até Rio Verde. Chegando no lugar é só perguntar pela ilha da Maré. Todos me conhecem e dá para avistar da praia muito bem, quando o tempo está claro, e a maré, baixa."

Ergui o braço, acenando na calçada, como se estivesse no cais. Adeus, seu Liberato!

De repente comecei a enxergar: atrás dos prédios, do barulho atroz das buzinas... Lá longe, na direção da embocadura do rio... As mangueiras se espelhavam na água, uma orla de areias brancas, a ilhota...

Era o porto dos olhos cansados de Liberato.

Pinóquio em Auschwitz

O velho passa horas na varanda, o cachorro nos pés, vendo o movimento das ondas.

Tem um álbum sobre os joelhos. O cachorro ergue as orelhas quando os netos se aproximam para olhar as fotos.

O velho folheia devagar seu álbum relatando lugares, viagens. Todas as fotos têm uma história.

De repente, a surpresa dos jovens:

"E aqui, vovô? Por que colou nessa página uma estrela de pano, esses papeizinhos rasgados?"

Ele sorriu:

"Acho que colei e guardei tantos anos só para contar a vocês...

Essa estrela eu usei no peito de um uniforme listrado quando fui prisioneiro no campo de concentração de Buchenwald."

E ele começa a evocar suas lembranças para os netos, que bebem cada palavra da surpreendente história.

Filho caçula de uma grande e afetuosa família de Trieste, norte da Itália, Amadeu viu o país sucumbir ao fascismo nos anos que antecederam a Segunda Guerra Mundial.

Viver em sua Trieste tornara-se perigoso para um rebelde; cada um de seus irmãos foi se engajando como *partigiano* na luta clandestina de libertação.

Um por um, foram caindo na mão dos nazistas e desapareceram, com exceção do mais velho, que ficou cuidando dos pais.

Chegou a vez de Amadeu entrar para a Resistência.

Escondido num bosque em manhã de inverno, julgando-se oculto pela neblina, foi capturado.

Soube então que seus irmãos haviam sido fuzilados naquele mesmo bosque pelos alemães.

E ele, sem se despedir da família, foi mandado para o campo de concentração de Buchenwald. Lá padeceu todos os sofrimentos a que os nazistas submetiam os prisioneiros: doente, a pele sobre os ossos, com a estrela vermelha de resistente cosida no uniforme; os judeus traziam uma estrela amarela.

Num trágico dia, com mais companheiros italianos, russos e franceses, foi jogado num trem com destino às câmaras de gás de Auschwitz, de onde ninguém jamais voltou.

Nessa altura da narrativa ele emudeceu, seu silêncio durava... Os netos se impacientaram:

"Mas vovô, como o senhor conseguiu sobreviver?"

"Ah! Como? Acreditem no que vou contar: é porque eu lia Pinóquio quando criança. Escutem, meninos:

Hoje as crianças leem Pinóquio em adaptações e a história fica bem resumida. Ou veem o filme de Walt Disney.

Mas nós tínhamos em casa o livro original do escritor italiano Collodi. Nele, o carpinteiro Gepetto, que criou o boneco de pau, era um trabalhador que só conheceu a pobreza.

Morava num quartinho onde lutava contra a fome e o frio com a força dos seus braços, que ia diminuindo com a idade.

No fundo desse quartinho via-se uma lareira com um belo fogo; mas era apenas uma pintura feita na parede pelo engenhoso Gepetto, para iludir o frio do inverno.

Esse desenho me encantava e penso que ainda encanta as crianças que folheiam o livro.

Gepetto aconselhava o teimoso Pinóquio, cabeça de pau:

'Não jogue nada fora. Isso um dia pode servir para alguma coisa!'"

(Este conselho os velhos vivem repetindo: eles ainda não conseguiram assimilar a experiência do descartável, que lhes parece um desperdício cruel. Por isso o armário das vovós é cheio de caixas, retalhos e vidrinhos...)

Os meninos italianos ouviam de suas mães esse conselho que Gepetto dava para o endiabrado Pinóquio.

Capturado pelos nazistas, Amadeu conheceu um extremo despojamento, foi privado de tudo. As roupas largas dançavam no seu corpo, e os sapatos, tirados de uma pilha sem numeração, feriam seus pés.

Vagava pelo campo como um espectro faminto, ia resistindo no "avesso do nada".

Mas sempre havia algo a ser descoberto: um papel rasgado que a ventania arrastava, um santinho amassado que alguém esqueceu, um prego sem cabeça, uma chave partida.

Ele ia guardando cada um desses fiapos abandonados.

Por exemplo, de um papel rasgado fez um envelope, descreveu no avesso a sua agonia, endereçou ao irmão em Trieste e escondeu-o num buraco do chão. Dois anos depois seu irmão recebia a carta. Alguém a havia encontrado e enviado pelo correio. Quem teria sido? Nunca souberam.

A chave partida que recolheu num ralo e conservou por tanto tempo, ele transformou num instrumento heroico.

Quando foi conduzido para Auschwitz, usou-a como chave de fenda na janelinha do banheiro do trem e de lá saltou para a liberdade e a vida.

Desde que os netos escutaram as peripécias do sr. Amadeu, aumentou neles a fascinação pelos objetos perdidos e desparceirados que encontravam ao acaso. Misteriosos, são pedaços de alguma coisa que ignoramos.

A quem pertenceram?

Num antigo poema italiano, as coisas esquecidas não se perdem para sempre, sobem todas para a Lua, onde permanecem.

As histórias de vida estão povoadas de coisas perdidas que se daria tudo para encontrar: elas sustentam nossa identidade, perdê-las é perder um pedaço da alma.

O sr. Ariosto, num asilo de indigentes, tinha um sonho: queria uma gaveta, uma gaveta só para ele.

Como não conseguiu ter a gaveta, acabou me confiando seu tesouro: uma caixa de madeira onde guardava um ramo de violetas de seda, de extraordinária beleza, que ele e sua esposa haviam feito no tempo em que possuíam uma lojinha de flores.

Será que alguém recolhe o que voa no vento, os resíduos inúteis da cidade, e os transforma em poesia?

O Espanta-baratas

Amigo de ecologista sofre. Sei que meu caro leitor ama os que defendem rios, florestas e bichos, que defendem a vida, afinal. Mas você já foi à feira com um desses amigos?

"Fruta e verdura, só pegue a pequena e mirrada porque não tem agrotóxicos."

"Feijão só de saca e com caruncho (!), pois esse não tem BHC; o caruncho não é bobo."

Se a gente estende a mão para a melancia, tão grata no calor, ele a revira antes, até encontrar um pequeno círculo, lugar da injeção de hormônio.

Da tentação dos morangos (e os traços de mercúrio?) ele nos faz passar longe.

E assim continua o périplo da feira: a rigor, quase nada é inocente.

Chegando em casa vamos tomar um cafezinho.

"O quê? Filtro de papel? Volte para o coador de pano, que é saudável."

E vem discurso comprobatório, enquanto ergue os punhos indignado contra a ameaça universal.

No restaurante ele decifra a letra miudinha na tampa da garrafa, à procura de conservantes químicos. E como fica contente quando encontra! Aí, você:

"Tá bem. Vai um suco de maracujá."

"Melhorou, mas sem açúcar refinado, viu, garçom?!"

Amigo de ecologista sofre ou não sofre?

Não vou desfiar aqui a lista de coisas proibidas: o espaço não daria.

Conto uma pequena história para vocês que têm amigos ambientalistas. Como aquele casal, Elisa e Alberico, os dois professores, gente pacífica e amiga da natureza.

Acontece que Elisa achou uma barata na cozinha. Ouviu os seguintes conselhos:

"Inseticida, jamais; deixa resíduos no organismo por anos."

"Você leu no jornal o anúncio de DDT? É o mercado do mal."

Elisa aprende que, se fazem propaganda aqui, é porque as vendas são proibidas nos países civilizados.

Afinal, conseguiu extrair um conselho sensato: era uma receita antiga de espanta-baratas e outros insetos, que não prejudica o homem nem os animais domésticos.

Vinha da sabedoria oriental (eles têm mania de sabedoria oriental).

Agora, sim! Ela comprou bórax em pó na farmácia, misturou com cebola ralada, juntou farinha aos poucos e dessa mistura fez bolinhas para deixar nos cantos que as baratas apreciam. Espalhou as bolinhas para secar num tabuleiro e foi cuidar da vida.

Chega Alberico da escola, cansado e faminto. Encontra uma surpresa no tabuleiro, repleto do que lhe pareceu ser o doce predileto da infância: os delicados beijinhos de coco que não se cozinham, mas se põem ao sol para secar.

Lembranças deliciosas do tempo de menino...

Guloso, Alberico se aproxima do tabuleiro e bem depressa engole uns dois. Sente um gosto terrível e grita por socorro.

Entra Elisa na cozinha:

"Infeliz! Você engoliu o espanta-barata japonês."

Um suor frio o inunda, as pernas se dobram enfraquecidas.

A mulher, expedita, liga para o Serviço de Toxicologia e é orientada. Alberico tem que tomar um bom litro de água com sabão e o estômago devolve o que deve devolver. E foi salvo protestando, não com palavras, mas com bolhas de sabão.

Ele não gosta nem de relembrar o episódio. Evitou sempre comentar sua desventura, mas, talvez por isso, ela se espalhou aos quatro ventos.

Outro dia telefonaram para ele do exterior:

"Sabe, Alberico, que as baratas que infestam o Paraguai estão sumindo? Ensinei para eles a receita do espanta-baratas japonês. Isso mesmo, é aquela dos seus beijinhos..."

O Arcebispo e o Pastorzinho

Quem contou essa história foi dom Helder Câmara, arcebispo de Olinda.

Certa vez o velho arcebispo dom Antônio de Morais voltava de uma conferência no salão nobre da Universidade. O tema eram os múltiplos significados da cultura erudita, da cultura de massas, do folclore.

As mensagens impostas pela mídia, concluiu-se, invadem nosso cotidiano, penetram corações e mentes, extinguindo assim todos os vestígios de uma cultura espontânea e arcaica, a chamada cultura popular.

Após a conferência houve debate. Mas o arcebispo estava distraído, pensava nos que estavam longe. Lembrava de suas pastorais no sertão, das brincadeiras e cantorias, das bênçãos de curar...

Segundo o que acabara de ouvir, as expressões da cultura

dos simples, que ele amava, estavam condenadas a desaparecer.

De regresso à casa, ao passar pela praça do mercado, mandou parar o auto e pediu que o chofer comprasse algumas frutas.

Ali no portão enxergou o vulto branco de uma criança cercada de curiosos. Parecia um filho do Agreste, curtido de sol, e teria por volta de onze anos.

O arcebispo se aproximou da roda, mas o menino o reconheceu antes e foi correndo lhe pedir a bênção.

"Como é teu nome?"

"Antônio, senhor arcebispo."

"Deus te abençoe, Antônio, mas o que fazes na vida?"

"Sou pastor de cabras."

"E esse povo que te rodeia?"

"É que aos sábados venho à praça do mercado ganhar alguma coisa."

"Pedindo esmola?"

"Não, senhor. Glosando motes."

"Como? Explica-me isso melhor."

"Então, se alguém me traz um mote, respondo com uma estrofe. Se o freguês se agrada, eu ganho dele uns trocadinhos."

"Quem te ensinou a fazer isso?"

"Essas artes, aprendi com mestre Manuel, pastor de cabras também. Ele não tinha letras, assim como eu: a gente imagina tudo na cabeça e, de imaginar, os versos vão aparecendo."

"Se é assim, Antônio, vou te dar um mote para glosar. Presta atenção: *Nós ambos somos pastores.*"

O menino abaixou a cabeça por alguns minutos e respondeu:

"Senhor meu, não batais palmas
Que nós não somos iguais,
Vós sois um pastor de almas
Eu sou pastor de animais.
Durmo no chão ao relento
E do verão sofro as calmas*
Do inverno sofro os rigores.
Vós brilhais entre os doutores
Servindo aos sábios de exemplo.
Eu no campo, vós no templo,
Nós ambos somos pastores."

---

* "Calmas", por "calmarias". Palavra já pouco usada.

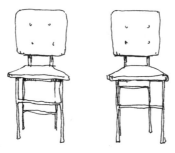

Objeto e Pé

A culpa foi dos coqueiros, desses que sobem em bando pela colina, as franjas impacientes, procurando avistar o mar. Mar impossível na paisagem do menino goiano que ele foi.

Agora, vendo os coqueiros numa foto de sala de espera, lembrou os versos de Vicente de Carvalho que lia na escola:

"Cortes pitorescos de afastadas ilhas

Agitando no ar seus coqueirais em flor."

O menino do interior crescera e o anseio persistia. Agora era um professor aposentado, que se perguntava:

"Onde o mar, as afastadas ilhas?"

Como em resposta a essa pergunta, soube, no dia seguinte, que sua casinha do Tremembé – único bem que possuía – fora abandonada pelo inquilino.

Teófilo começou a ter sonhos atrevidos: venderia o imóvel e viajaria para o litoral. Pôs um anúncio no jornal. "Vende-se casa térrea, pequena, mas com bom quintal" (a casota que fora para seus pais como um palácio, o quintal onde mamãe plantava...). Mas não tinha herdeiros nem esposa, ninguém a quem deixar um quintal com amoreiras.

Logo surgiu um comprador com seu advogado cauteloso.

Quantas andanças para o pobre Teófilo atrás dos papéis da escritura!

Mudara o mapa do bairro: escreveu ofício solicitando comprovação de que a rua Peres de Souza era a antiga rua Ondina.

Uma surpresa no dia do pagamento. Ele não pôde ser efetuado, pois faltava uma "certidão negativa". Havia algum processo pendente de que era réu.

Operário do giz e da pena, modesto sim, mas ilibado, Teófilo protestou. Teve que ir ao fórum desentranhar o processo que manchava sua honra. Descobriu ser réu por causa de um antigo imposto não pago pelo inquilino.

Percorrendo várias seções para localizar o papel em causa, encontrou um funcionário que o assustou:

"Pois é, professor, outro sujeito com imposto assim antigo, para pagar os juros teve que arrematar todos os bens e ainda ficou devendo para a Receita!"

Olhos enevoados, Teófilo procurou a porta de saída, mas enganou-se e bateu a cabeça na divisória da parede, o que desopilou o fígado de vários escreventes, que riram a bom rir.

Chovia forte na rua. Ensopado e febril, chegou em casa e correu para as gavetas, que foi abrindo enquanto num português de lei dirigia insultos a invisíveis inquilinos:

"Réprobos! Farsantes! Procrastinadores!"

E, de repente, aleluia! Num envelope amarelado, encontrou a quitação do imposto, já pago por ele havia muitos anos. Quando o tabelião abriu o cartório no dia seguinte, ele já o esperava na calçada, agitando o recibo na mão. O escrevente mal pousou os olhos no emocionante documento e declarou: "Isto prova que pagou o imposto, mas não o desonera do processo. Para que se lavre a escritura o senhor deve trazer o *objeto e pé*".

"O que está dizendo?"

"Trata-se de uma informação do fórum sobre *em que pé* está seu processo, *objeto* da pendência sobre seu bom nome."

Com ar abobalhado, Teófilo dirigiu-se para o fórum. Depois de quatro viagens e muita espera, descobriu que os processos antigos daquela natureza haviam sido deslocados para o arquivo da Vila Leopoldina.

Varou a noite oprimido por pesadelos, mas veio a manhã fresca e ensolarada. Voltou-lhe a coragem, com o pensamento de que estavam terminando suas desventuras. E nosso herói tomou o ônibus no ponto final da Vila Leopoldina e partiu em busca do seu "objeto e pé".

Já no balcão de informações o avisaram de que a última enchente do rio havia carregado todos os papéis. As águas invadiram tudo, ilegalmente, e levaram para longe processos, quitações, esperanças e arquivos.

O que foi feito do nosso amigo? Você o encontrará, se quiser, nos corredores do fórum que se habituou a percorrer, magrinho e confuso: "Doutor, trouxe de novo a solicitação. Sei que é difícil explicar, mas as águas cobriram meu objeto e pé".

A culpa foi dos coqueiros, desses que sobem em bando pela colina, procurando avistar o mar.

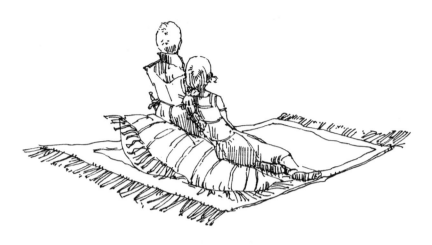

Os Dois Judeus de Cabelo Vermelho

*I*sso aconteceu há muitos anos, quando nossos avós eram jovens, numa pequena aldeia da Polônia, ou o *Shtetl*, como a chamavam os judeus que lá viviam.

Naquele *Shtetl*, certo dia um avô sentou o netinho nos joelhos e segredou-lhe ao ouvido:

"Meu querido, fuja dos ruivos. O homem de cabelos vermelhos é inteligente, e se for astucioso, cuidado! Se você cair na armadilha de um deles, só outro ruivo que conheça os Livros Sagrados poderá te ajudar."

Aquele menino brincou, estudou, cresceu. Mas não foi feliz, porque aos vinte anos estava órfão e já não tinha mais ninguém no *Shtetl*. Foi para a cidade tentar a sorte.

Havia deixado os estudos e precisava de um trabalho para sobreviver. Que tempos difíceis!

Caminhava por ruas desconhecidas, em busca de emprego. A sola do seu sapato já tinha um grande furo, seu paletó estava roto e desbotado. Cada dia sua aparência ia ficando menos convidativa para o olhar de um futuro patrão.

Numa dessas andanças esbarrou num antigo colega da *Cheder*, a escola onde as crianças da aldeia recebiam formação religiosa.

Quando ficou a par de sua situação, o colega pareceu bastante condoído:

"Estou chegando da Bessarábia e lá encontrei um primo seu que é um dos homens mais ricos do lugar. Ele já casou duas filhas, só resta a mais nova, que ainda está com o pai."

Não sou um *shadchen*, cujo ofício é arranjar casamentos, mas lhe dei uma pista:

"Em vez de pedir ajuda a estranhos, por que não tenta a sorte com um parente que pode lhe estender a mão?"

Nosso amigo partiu para a Bessarábia no dia seguinte e, ao chegar à cidade do parente, logo lhe indicaram a casa que procurava. Rodeou verdadeira muralha, onde bateu numa porta escavada na pedra. Um homem claro e jovial o atendeu. Ao saber quem era o recém-chegado, abriu os braços para ele:

"Primo meu, e alegria dos meus olhos!"

E gritou para os criados:

"Preparem um almoço para festejar a chegada deste moço que é carne de minha carne, osso dos meus ossos!"

Assim foi acolhido o viajante. Durante o almoço foi apresentado a uma jovem bem morena, de longas tranças, a filha mais nova. Nunca vira moça mais bonita e não conseguia tirar os olhos dela.

Houve música e dança, e a toda hora erguiam-se brindes ao "primo nosso, alegria dos nossos olhos", o qual, tendo bebido muito vinho, atreveu-se a falar ao dono da casa:

"Meu primo, se eu não fosse o pobre coitado que sou, pediria hoje a mão de sua filha."

"Como pode dizer isso? Para um seguidor da *Torá*, que é a lei divina, não há partido melhor que você em toda a região."

"O senhor está zombando de mim?"

"Por acaso ignora que sua mãe, minha prima Ruth, descende de cinco rabinos? Que riqueza maior se pode desejar de um genro? Vamos quebrar o prato."

Assim dizendo, anunciou aos convivas que sua filha mais nova fora pedida em casamento e, segundo antigo ritual, quebrou-se o prato de noivado, selando o compromisso.

Já hospedado na casa da futura esposa, ele recebeu, no ato do casamento, um dote chamado *Tsen Iur Kest*: por dez anos seria sustentado pelo sogro.

Ganhou ternos e sapatos novos, e um capote de seda. Todas as manhãs se escolhiam no pátio os perus e gansos mais gordos, que chegavam assados e recheados à sua mesa. E os doces? Você pode imaginar como eram deliciosos os doces na Bessarábia?

À noite, antes de dormir, o sogro sempre lhe perguntava se ele se sentia feliz. E ele respondia que sim, ele era feliz. Via-se flutuando nas nuvens num tapete voador, com uma princesa morena e de tranças ao seu lado.

Na décima noite, o sogro lhe perguntou, como sempre, se estava feliz, se a esposa era gentil, se o trato era bom. Ao ouvir sua resposta costumeira, ele sentenciou:

"Se você é leitor dos livros inspirados, deve ter aprendido que um dia feliz na vida humana vale por um ano. Sendo assim, já se completaram os dez anos de sustento. Amanhã cedo, leve sua mulher embora da minha casa e providencie um teto e alimento para os dois."

O rapaz empalideceu. Como sustentar uma jovem habituada ao luxo se não tinha recurso algum? E como era possível que um sogro tão benevolente se transformasse daquele jeito?

Ergueu os olhos para ele e enxergou o que não tinha reparado ainda. Ele era ruivo.

Durante a noite sonhou com o avô na aldeia longínqua. Lembrou-se então do conselho dado ao netinho sentado em seus joelhos.

Antes do amanhecer correu à sinagoga e, de um canto obscuro, observava ansiosamente à sua volta. Afinal viu passar um fiel alto, magro e de cabelos vermelhos que se preparava para abrir o rolo da *Torá*.

Correu para ele e, sem conter as lágrimas, foi lhe contando sua vida até aquele momento e a desgraça em que caíra.

O ruivo se inclinou e segredou algumas palavras em seu ouvido. Ele prometeu obedecer a suas recomendações e tomou o caminho de volta.

Quando o sogro o viu, foi logo perguntando se já conseguira trabalho, e se tinha arranjado uma casa para sua filha. O genro respondeu:

"Não vou levar sua filha, vou devolvê-la."

"Como? Depois de tudo o que recebeu vai repudiar a filha que é minha joia mais querida? Vai deixar cair a vergonha sobre minha cabeça?"

"É um direito que tenho: se passados dez anos de casada a mulher não der um filho ao marido, ele pode romper o compromisso."

"Mas de que jeito minha pobre filha poderia lhe dar uma criança, se está casada há dez dias apenas?"

"Ah! Se é verdade o que diz, ainda me faltam dez anos de sustento, conforme a promessa que me fez."

O sogro astucioso teve que cumprir sua promessa, louvados sejam os Livros Sagrados!

E feliz de quem escuta seu avô e guarda suas palavras no coração.

Os Rios de Hiroshima

$\mathcal{M}$aiumi contou para os alunos como foi seu primeiro encontro verdadeiro com um rio:

"Eu tinha vinte anos e era professora primária em Hiroshima. Estava dando aula no dia 6 de agosto de 1945.

A cidade despertava serena para mais um dia de verão.

O céu estava lindo.

As crianças chegavam à escola, as lojas se abriam, os velhos iam caminhar nos parques.

Eram oito e quinze da manhã quando o avião norte-americano lançou a primeira bomba atômica sobre a cidade.

Após imenso clarão, a terra estremeceu. A temperatura subiu a 10 mil graus centígrados. O mar começou a ferver.

Já no primeiro segundo da explosão morreram 78 mil pessoas.

Os veículos eram montes de ferro retorcido sobre seus passageiros.

Três segundos depois, 320 mil civis eram vítimas de uma tempestade de fogo.

Quando a temperatura parou de rugir, fez-se noite gelada. E a chuva radioativa começou a cair sobre um deserto de cinzas que havia sido uma cidade.

Estava concluída a Operação Manhattan, nome dado pelos americanos ao lançamento da bomba.

Até hoje os sobreviventes sofrem os efeitos da radiação.

Naquele 6 de agosto, às oito e quinze da manhã, as crianças começaram a gritar na sua agonia.

Sabe o que nós, professores, fizemos? Corremos para os rios, com os alunos atrás, e mergulhamos. Fomos para os braços do estuário em delta do rio Ota.

Éramos jovens urbanos que víamos os rios de longe, pela janela, como se diz. Ensinando geografia, desenhávamos uma linha ondulada e azul no mapa: 'Isto é um rio'. Quando o ardor radioativo nos queimou, eles nos pareceram a última e única salvação.

Corremos para lá com as crianças."

Este depoimento de uma sobrevivente do dia mais cruel da história faz pensar sobre nosso alheamento de algo muito concreto. Você conhece o rio próximo de sua casa? De que nascente veio? Para onde vai ele? Será um pequeno córrego? Um ribeirão?

As cidades abençoadas por rios se orgulham deles: Roma se espelha no Tibre; Florença, no Arno; Paris, no Sena; Lisboa, no Tejo; Viena, no Danúbio.

São as veias da paisagem e todas cantam os rios de sua terra. Por isso, Maiumi recorda:

"Os ingleses conseguiram purificar de novo, há algumas décadas, o Tâmisa poluído pelas indústrias, por meio de um trabalho paciente em que cientistas, povo e governo investiram seus melhores recursos.

No dia em que alcançaram resultados, as águas ficaram claras e os peixes povoaram suas profundezas, e o rio ressuscitou. Os jornais do país anunciaram majestosamente: 'POETAS DA INGLATERRA, PODEIS VOLTAR PARA AS MARGENS DO TÂMISA'.

Jamais esqueci essa manchete, meus olhos ainda se enchem de emoção quando a recordo."

Ao escutar o depoimento de Maiumi, perguntou Maria Edith:

"Quem ouviu falar de *piracema*?"

"Eu sei o que é. Vi o fenômeno em Piracicaba: os peixes iam desovar na cabeceira do rio e subiam contra a corrente. Na hora de transpor o salto, eles pulavam para o alto e era uma chuva de prata da terra para o céu.

A gente abria o guarda-chuva no rio e ele se enchia de peixes. Mas as indústrias foram jogando veneno na água, e os dourados, os corumbatás, os pintados se acabaram.

Hoje só no Pantanal do Mato Grosso tem peixe assim. O rio Piracicaba está morrendo. Adeus, piracema!"

Como deve doer a morte de um rio...

Seus olhos baços já não veem mais a cidade, o rio vai ficando cego. Não devolve mais as imagens das coisas com transparente amor.

As águas suspendem sua canção, emudecem, afinal.

O rio arrasta seus despojos, vagaroso como um féretro, pela cidade que o matou. Ele, que foi portador de vida e fecundava as margens, pode até transportar espumas letais.

E nós vamos assistir à morte de um rio sem mexer um dedo?

Porque os rios podem renascer. Voltam as águas a ser crespas e verdes, brincam e cintilam ao sol de novo.

O que o falso progresso destrói, a verdadeira ciência pode às vezes fazer reviver. Mas, para isso, quanta luta precisamos travar!

Nem sempre nossos dias podem correr tranquilos; às vezes a gente encrespa e as pessoas indefesas se unem e correm como um rio poderoso.

Velhos Amigos

$\mathcal{N}$o pátio do asilo, quando os velhos conversavam em grupos ou liam jornais, só ele permanecia encostado ao muro, o olhar perdido...

Ele está lembrando, pensei. E me aproximei dele.

Tinha acertado. Sua conversa era admirável, prodigioso seu poder de evocação.

"Quando eu tinha oito anos, aparecia ali perto de casa, no Campo Grande, Santos Dumont. Mamãe dizia de vez em quando: 'Vocês querem ver o balão de ferramenta?' A gente descia para o que é hoje o Jardim América, avenida São Gabriel, que era um campo. Santos Dumont usava colarinho alto, aquele chapéu característico, se vestia de cinza ou azul-marinho. Ficava mexendo num aparelho esquisito, que agora não posso decifrar. Era um homem muito democrático, cumprimentava todo mundo e explicava como fizera o balão. Às vezes me abraçava e dizia: 'Ainda vou inventar um aparelho e levar todos vocês lá em cima'. Quando ele subia uns duzentos, trezentos metros e voava, a gente batia palmas: 'Viva o balão de ferramenta! Viva Santos Dumont!'"

Então seu Ariosto lembrou que antes da Grande Guerra apareceu no céu paulistano a estrela de rabo comprido, o cometa Halley, em 1910. O mundo ia acabar?

No pátio do asilo, à nossa volta, foram se agrupando:

- O ex-trapezista cuja fortuna se esvaiu em pó de arroz, lantejoulas e cetim...
- O ex-banqueiro que não conta mais notas e agora faz barquinhos de papel.
- A ex-rainha dos salões que não perdeu a graça ao ensinar a dançar uma valsa, uma polca ou habanera...

Uma das cabeças de prata se inclinou para nós:

"Permitam que me apresente. Sou o inventor do Creme Rugol. Lembram-se dele?"

Seu Ariosto foi um florista renomado. Nasceu na avenida Paulista, em 1900. Não existia, em sua infância, a sombria ameaça dos prédios e do asfalto. Era belamente pavimentada, com calçadas largas onde era gostoso caminhar e flanar. Majestosa com seus palacetes e chácaras, era o justo orgulho da cidade.

De onde nasceu a paixão de seu Ariosto por flores? Talvez dos canteiros de violetas e margaridas que sua mãe plantava.

A mãe do menino Ariosto era costureira do Theatro Municipal. Ela vestia as atrizes, as Traviatas, as Aídas, as Lucias de Lamermoor. E, de joelhos, acertando com alfinetes as saias enormes, cantarolava com elas as árias das óperas.

Confessou-me Ariosto que decidiu ser garçom do Theatro Municipal para poder servir seus ídolos: Caruso, Tito Schipa, Gigli.

Os copos balançavam na bandeja quando Ariosto, ouvindo os sons do palco, cantava saltitando junto com o Barbeiro de Sevilha: "Figaro qui, Figaro la..."

A bandeja perigava sobretudo no *Lago dos Cisnes*, quando os russos dançavam e a plateia desabava em aplausos.

"Os homens iam de casaca e as mulheres com vestuários lindos; por causa das roupas é que nunca pude trazer mamãe para ver os espetáculos. Muita gente se apresentava todo dia para assistir às óperas, mas não podia pagar. Quando o teatro não estava muito cheio, deixavam entrar essas pessoas nas galerias, somente para bater palmas. Eram a claque. Essas pessoas sabiam quando deviam bater palmas, conheciam os trechos bonitos, e a plateia acompanhava quando gritavam: 'Bravo, maestro!'"

O pai de Ariosto foi pintor e mestre de caligrafia. Procurando alunos e compradores para seus quadros, perambulava pelas ruas da Pauliceia, com o menino pela mão. Nessas andanças ele viu carregarem as primeiras pedras da catedral da Sé.

Vibrou com a apoteose que recebeu o primeiro avião que atravessou o Atlântico.

Viu, nas festas de 1º de Maio, chegarem do Brás os operários anarquistas, e se emocionou.

Já de gravata-borboleta, chapéu e bengalinha, foi conhecer o cinema falado.

Casou-se com uma florista que ele amava desde criança:

"Ali, na rua da Mooca, defronte da minha casa, ai, meu Deus, que alegria, ela estava na janela, essa menina...

Casamos em 1929, na igreja do Brás... Naquele dia choveu tanto, diziam que era felicidade. A Elvira entrou de vestido branco, tão magrinha, a grinalda de florzinhas brancas que ela mesma fazia..."

O casal abriu uma oficina, A Multicor, onde passavam dias e noites encrespando pétalas de cravos, tingindo rosas, encurvando caules.

Seu Ariosto, com os anos, conseguiu ter uma boa casa, um Ford para Elvira passear, e num dia de festa colocou um anel chuveiro de brilhantes em sua mão diligente.

Mas... Há épocas em que as flores caem de moda: já não vinham mais pedidos. A oficina fechou. As mulheres se recusavam a usar um macinho de rosas no vestido, e no inverno – triste inverno! – dispensaram até a camélia no *tailleur*.

Veio a falência. Elvira morreu, deixando para Ariosto uma caixa com suas mais lindas flores. Ele a conservou neste asilo, onde veio parar, e um dia a confiou a meus cuidados.

Com a vida corrida que a gente leva, fui rareando as visitas. E ele, criatura gentilíssima, morreu sem me avisar, nesses intervalos de silêncio e solidão.

Perdeu-se com ele a memória daquela São Paulo em que Santos Dumont abraçava um menino e prometia inventar um aparelho que levasse todos para o alto.

Voltou a moda das flores. Mas quem saberia fazer de novo as violetas matizadas que seu Ariosto fazia?

Elas despontavam dramáticas do caule verde, num roxo brilhante, voluntariosas como prima-donas em noite de estreia...

O sr. Ariosto dizia: "Quando fazem festa no asilo, tem sanduíche, bolo, vêm algumas meninas e agradam a gente: 'Vovô, do que é que o senhor precisa? Come mais um pouquinho!' E beijam a gente. Mas é só em dia de festa." Essas histórias, ele me contou nas suas longas tardes sem visita, quando ia encontrá-lo numa mesa do refeitório deserto.

Aventura nos Confins do Mar

"*V*ou levar o Tico passar uns dias na praia."

A avó olhou espantada para o marido. A aposentadoria mal dava para os remédios, e as entregas que ele fazia no pequeno caminhão que tinham minguavam a cada mês.

Depois olhou as pernas, o rosto magrinho do menino, e ficou quieta. Há muitos anos que o Tonho convidava. Enfim, iriam rever gente amiga.

No dia seguinte partiram sacolejando, o Tico sentado entre os avós. No caminho, porém, viajantes sempre topam com gastos extraordinários. Vejam ali, na curva da estrada, o homem oferecendo bolas enormes, de cores vivas.

O caminhãozinho parou. A avó abriu a sacola. Embora fosse o avô que pagasse as despesas, em ocasiões especiais era a avó que abria sua carteira surrada.

O menino olhou para as mãos dela: as mãos faziam seu prato e puxavam sua coberta à noite. Eram as únicas mãos que ele conhecia bem, desde que ensinaram Tico a andar, e estavam ligadas em seu espírito a momentos de magia e de bênção.

Ele escolheu a bola roxa, diferente de todas pela cor.

A bola era quase do seu tamanho, e ele não pôde levá-la no colo como queria; ela viajou coberta por uma lona.

Seu Tonho vivia da pesca e de alguma roça num recorte desconhecido do litoral paulista.

O mar ali era de um azul-cobalto, e os pescadores, com seus filhos, arrastavam as canoas para a sombra das mangueiras na enseada.

Com timidez, Tico se aproximou das crianças; era um garoto mofino da cidade, que nunca vira o mar, que não sabia trepar na pitangueira nem pescar siri. Mas apareceu para os meninos da praia como um pequeno rei, com seu globo violeta.

Vieram as brincadeiras, as pitangas, os siris e os remos silenciosos na pesca da lua cheia.

O travesseiro de macelinha cheirava bem e inspirava o sono.

Num dia de vento forte, a bola foi levada da praia para o mar. As crianças correram, esperando que as ondas a devolvessem, como sempre acontecia. Mas o vento era leste e a bola subiu na crista das ondas e continuou fugindo.

O velho se lançou atrás dela enquanto Tico gritava:

"Traz ela, vô, não deixa ir embora não!"

O velho lutou com água até o pescoço, mas a bola corria célere para o alto-mar.

Tico parou de chorar, as crianças emudeceram, o avô ficou ali, assombrado. Até a avó deixou a cozinha e veio ver.

Aquilo não era mais a bola da gente, de brincar.

O que se revelava no horizonte era um mistério e partia para sempre. Um planeta errante na névoa azul.

A história não terminou. Atrás da ilha, pescavam, distantes da costa, seu Jacó e seu Kimura. O filho de Kimura estava com eles; menino tisnado de sol, com belos olhos rasgados. Foi ele que enxergou uma bola roxa nos confins do mar e se lançou atrás dela.

A canoa o seguia cautelosa, e por duas vezes a bola foi quase alcançada. O garoto já se prendia exausto na borda da madeira quando ela surgiu de novo. Conseguiu abraçá-la, e seu Jacó o puxou com cuidado.

Rumaram para a enseada, e não foi difícil reconhecer o rosto do verdadeiro dono entre os moleques exultantes na orla da espuma.

A avó ergueu a saia até os joelhos, entrou na água e, da canoa, recebeu a bola em suas mãos.

A Festa de São João

A noite de São João é a mais longa do ano. Pelo Brasil afora se brinca e se canta:

"Lá no azul do céu tanta luz brilhou
São João nasceu como um pé de flor.
E o alecrim da lagoa? O sereno molhou."

Foram os portugueses que trouxeram São João para cá, com suas cantigas e danças ao redor do fogo. João, abraçado ao cordeirinho, tal como o vemos nos mastros de terreiro, ao lado de Pedro, que não larga suas chaves (pudera, abrem a porta do céu!), e de Antônio, que não descuida do Menino que tem nos braços.

Primo de Jesus Cristo, filho de Isabel e Zacarias, ele nasceu na região montanhosa da Judeia.

Isabel já era idosa quando ficou esperando o filho, e Maria, sua jovem prima, caminhou desde Nazaré para ajudá-la.

Quando as duas futuras mães – de Jesus e de João – se encontraram, foi uma festa.

Maria cantou uma canção que improvisou, e João acompanhou o canto dentro de sua mãe.

Nesse canto profético, Deus derruba os poderosos do trono, enche de bens os famintos e despede os ricos, de mãos vazias.

As pinturas retratam a boa infância dos dois meninos: João brincando com seu inseparável carneiro ou vertendo água de uma concha, com certeza ensaiando o momento em que iria batizar Jesus.

Crescido, ele foi pregar no deserto; um belo dia batizou Jesus às margens do rio Jordão, e ficou sendo chamado João Batista.

Mas suas profecias incomodaram o rei, que o mandou trancar num castelo sombrio da Palestina. Ficou preso até ser degolado.

Foi durante um banquete que Herodes viu Salomé, sua enteada, dançar. E o rei se agradou tanto que prometeu lhe dar o que ela pedisse. A jovem, aconselhada pela mãe, pediu a cabeça do profeta numa bandeja.

Era o ano 31 da era cristã.

Para consolar João, de biografia tão dura, o povo o festeja com carinho, e as moças o importunam querendo casamento:

"Fui pedir em oração, ao querido São João
que me desse um matrimônio.

São João disse que não:
– Isso é lá com Santo Antônio."

Só a Antônio é que ele costuma confiar essa missão delicada, pois Pedro poderia fugir com a noiva, como se diz nas brincadeiras populares.

Em muitos países se fazem adivinhações para alcançar do santo ao menos o nome do futuro eleito e a época das bodas.

É só jogar uma clara de ovo numa bacia de água: se formar a figura de uma igreja, dá casamento na certa. Se for um navio, viagem...

Atira-se uma moeda na fogueira para dá-la, no dia seguinte, ao primeiro pobre que aparecer: o nome do pobre será o nome do noivo.

Tais adivinhações têm origem nos oráculos gregos.

As ervas colhidas nessa noite guardam qualidades curativas.

A data coincide com o solstício de verão, quando os camponeses aguardam a colheita: em toda a Europa se acendiam fogueiras, se dançava, se davam saltos sobre as chamas.

O bom devoto pula a fogueira e não se queima.

Em 1583 o jesuíta Fernão Cardim se admirou ao ver como os nossos índios ficaram seduzidos pela festa, porque, escreveu ele, "para saltarem as fogueiras não os estorva a roupa, ainda que algumas vezes chamusquem o couro".

No entanto, a tradição nos conta que o santo não vê as bonitas fogueiras que se acendem para ele. Passa o dia do seu aniversário dormindo, e Isabel, sua mãe, não o acorda.

Ah! Se ele soubesse, desceria do céu e ficaria na terra festejando.

Grande pesquisador do nosso folclore, Câmara Cascudo recolheu:

"Se São João soubesse
quando era seu dia,
descia do céu à terra
com prazer e alegria

– Minha mãe, quando é meu dia?
– Meu filho, já se passou!
– Numa festa tão bonita
minha mãe não me acordou?"

E o povo:

"Acorda, João!
Acorda, João!
– João está dormindo,
não acorda, não."

Mas ele precisa ser lavado à meia-noite, e você poderá participar dessa "lavação" se viajar para o interior, às vezes em sítios bem pertinho de sua cidade.

A imagem é retirada da capela:

"Capelinha de melão,
É de São João,

É de cravo, é de rosa,
É de manjericão."

E toma-se o caminho do rio nessas noites frias de junho.

Depois, com o quentão recendente, todos se aquecem, enquanto João volta, sobre os ombros dos fiéis, os cachos gotejando orvalho da madrugada.

Em Ouro Preto

O impossível aconteceu: mais apegada à casa que uma ostra às pedras, não pude resistir ao convite dos amigos. Eis-me na estrada, viageira, com todos os meus balaios. No fundo, escutava o cético Drummond:

"Quer ir para Minas,
Minas não há mais."

Pois onde estarão as Minas das minhas saudades? A casa de minha avó Ambrosina, o quintal das jabuticabas frias e orvalhadas de manhã?

Lá, só lá, o luar era tão claro que iluminava como dia os retratos da sala. E as moças brincavam de ciranda no meio da rua. Os oleiros giravam os tornos e o barro ia tomando feição de pote, de moringa... As crianças por ali, à espera de que, numa sobra de tempo, o oleiro fizesse as moringuinhas de brincar. E eram sempre atendidas.

À tarde, a gente subia na torre para mirar os belos horizontes que deram nome à cidade, e contava:

"Olha lá, já tem cinco prédios! Seis! Sete!"

Parei nos onze e parti. Hoje os prédios taparam o horizonte, o trânsito expulsou das ruas as crianças, os oleiros e as cirandas.

Os retratos desbotaram, exilados das salas de azulejos e begônias. Minas não há mais, Drummond está certo, assim eu pensava.

No entanto, deixamos a capital para trás e percorremos montanhas e montanhas.

Aonde nos conduzirá este silencioso suceder de alturas e vales? Cecília Meireles descreve no *Romanceiro da Inconfidência*:

"Passei por estas plácidas colinas
e vi das nuvens, silencioso o gado,
pascer nas solidões esmeraldinas."

As montanhas foram descerrando Ouro Preto. Não foi de sopetão o encantamento; ele me penetrou aos poucos nas ladeiras, nos sobrados, nos chafarizes.

"Esta cidade não morreu, ela apenas mudou", explica Manuel Bandeira no *Guia de Ouro Preto*.

Ela resistiu escondida atrás dessas montanhas.

Em outras cidades históricas, passado e presente se defrontam com estranheza. Em Florença o turista se aproxima do altar de Giotto, mas este só se ilumina mediante a moeda posta num caça-níqueis. Os anjos do pintor desviam os olhos para um céu inacessível.

Aqui, o passado estende as mãos para nós, afaga o presente; entre seus dedos mal fechados, escapam as mesmas velhas de mantilha para a missa do Carmo, do Rosário, do Pilar.

Burrinhos carregados de lenha se detêm nas portas, vendendo sua carga. Os prodigiosos mendigos de Minas passam, altos e visionários.

Os batuques à noite, dos fundos de Ouro Preto, sobem de suas entranhas misteriosas por todas as ladeiras.

Negrinhos sambam no largo, nos becos, nas esquinas. Foram os negros que construíram as incomparáveis igrejas do Rosário dos Homens Pretos, de Santa Ifigênia. Mulato era o Aleijadinho que esculpiu a sublime fachada da igreja de São Francisco. Mulato era Manuel da Costa Ataíde, que pintou no forro da mesma igreja sua Nossa Senhora de cabelos crespos e tez morena.

A Ouro Preto dos negros alforriados é o berço dos movimentos libertários da Inconfidência. Suas irmandades eram, no século XVIII, o único apoio contra os poderosos: elas tratavam os doentes, enterravam os mortos, compravam uma a uma a alforria dos cativos. Nossa Senhora das Mercês e dos Perdões aparece no forro de sua igreja quebrando os grilhões que prendiam dois miseráveis.

As mesmas irmandades hoje zelam pelos altares que enfeitam com flores ingênuas dos quintais. Não gostam que o turista, durante o culto, fique olhando as imagens, os tetos, com aquela expressão de pasmo de quem entra na Matriz do Pilar. Reprovam a curiosidade. Mas, por acaso, à beira de nuvens douradas, não nos espiam também esses anjos curiosos?

Segurando tochas, guirlandas, bandolins, eu os escuto cochichar nos capitéis das velhas igrejas de Minas.

Ouro Preto não é um museu, nem uma praça, nem algumas ruas. É um mundo que é preciso percorrer caminhando.

Você tem que procurar Ouro Preto na oficina do sapateiro, na procissão das candeias, nas conversas de sacada a sacada... Nos velhos sentados nas soleiras gabando seus bons ares... Nesse povo tão doce que é a expressão mais completa de uma cidade civilizada.

A cidade foi confiada aos jovens. Eles vêm aqui estudar e moram nas repúblicas de nomes curiosos (Sina Doida, Purgatório, Saudades de Mamãe, Chove Lá Fora, Pinga K Dentro...).

Nós os vemos aos bandos, bebendo nos chafarizes, dançando à noite no largo, comendo barato no restaurante da Escola de Minas...

A cidade tem para eles entranhas maternais: vê-los aqui é ver uma chusma de garotos beijando o rosto da avó.

Na minha última noite em Ouro Preto fui ao largo ver os batuques. A estátua de Tiradentes fica no alto de uma coluna, rodeada de degraus. Esta coluna estava forrada de jovens, como andorinhas num beiral. Bem que eu gostaria de sentar-me com eles, mas os degraus eram altos demais. De repente, fui içada para o alto e lá estava respirando ar fresco, escutando música.

Ouvi Tiradentes repetir a mensagem que espalhou anseios de liberdade e justiça: "Adeus, que trabalhar vou para todos!"

Ficamos ali, a seus pés, dentro do mesmo sonho, contando infinitas estrelas, enquanto não despontou o dia.

História de Onça

Quando abril traz o primeiro friozinho do ano, é hora de acender o fogão a lenha, e o que se pode fazer de melhor que contar um caso? O fogo crepitando aviva a memória e vem até história de onça. Escutem esta:

Sucedeu que há muito tempo atrás eu preferia ensinar no sertão: a vontade de conhecer meu povo era enorme e me levava a procurar escolas afastadas. Pegava os caminhos do mato, essas trilhazinhas de nada, para visitar almas perdidas nos rincões mais esquecidos.

Ora, isto se deu em Goiás, onde os buritis de Minas vão subindo, dando nome aos lugares: Buriti do Olho d'Água, Vereda Alta... Inspiram os cantos dos vaqueiros do *Grande Sertão: Veredas*.

"Buriti vendeu seus cocos
Tem família a sustentar

Ninho de arara vermelha
Três ovinhos por criar."

A vegetação era concisa, flores de pétalas rijas para resistir à secura. Paisagem econômica, de plantas decididas não a se expandir, mas a sobreviver. O cerrado é uma flora de resistência que diz com poucas palavras seu recado. O ar fresco e ardido permite que se ande e ande sem cansaço, perdendo o fio da jornada.

De ruim para transpor só o vau do rio seco: tinha-se que se descer pelas pedras até o leito vazio, junto a um grotão fundo, rodeado por troncos mortos, sem copa, que o escondiam.

Lugar escuro, de se ouvir o pio da coruja ao meio-dia.

Subindo para outra margem, era um alívio. O campo se abria de novo e o olhar às vezes alcançava o correr da ema fugitiva. Buscava sempre a paragem do rancho solitário onde uma velha, semelhante às Parcas, trabalhava no tear. A água lhe descia da serra no oco de uma taquara; tal como a água fluía, seus dedos teciam, e ela conversava. Todo ano, visitava aquele rancho e bebia com prazer daquela fonte. Mas certa vez, quando quis ir embora, ela fechou a porta com a trave e ficou ali de pé, me barrando a saída:

"A dona não vai embora desta casa sem uma reza e uma bênção. É para minha filha Divina, que já está com doze anos e é fraca da ideia."

Respondi que não tinha esses poderes. De nada adiantou.

Entrevi no fundo da casa uma menina de olhos claros e cabeça grande que espiava assombrada. Meditei na minha aparição anual, regular como a órbita dos astros, o vestido longo e branco, talvez, como deveria mexer com a imaginação daquela gente.

Fechei os olhos e rezei pela menina, mas a velha me barrou de novo à porta:

"Tenho outra filha, a Da Luz" – e me apontou a foto no oratório. "É o arrimo que Divina e eu temos no mundo; trabalha no hotel da cidade e tem sido enganada por esses viajantes que prometem e não cumprem. Ela tem que encontrar bom casamento, me consegue isso, dona!"

Não tive remédio e rezei por essa Da Luz de cabelos sedosos para que encontrasse logo o Moço Bom, o caixeiro-viajante que ia pedir sua mão. Rezei com força e com fé pelas Marias da Luz e pelas Divinas desse Brasil sem amparo.

Na despedida, quis saber de onde a velha tirou que eu tivesse o dom de rezar e alcançar. Ela se espantou:

"Pois se não existe ninguém, mas ninguém mesmo, com essa coragem de cruzar o leito enxuto do rio rente à gruta onde mora a onça mais braba que já apareceu nesse Goiás!"

E tive que pegar o caminho de volta. Examinava ressabiada cada árvore escolhendo aquela em que ia subir quando a onça pintasse. Bem dizia Monteiro Lobato: "Na hora da onça, paralítico sobe em pau de sebo". Mas o arvoredo minguado logo se arqueava para o chão, sem altura. A vegetação parca não oferecia refúgio.

Via os seus tons ocres, aquarela seca onde – ai de mim! – faltava o vermelho.

Avistei as árvores mortas que rodeavam o vau oco, o grotão por onde tinha que descer. Fui de pedra em pedra, fui de toco em toco. Com a cabeça já de fora, me apoiei nos cotovelos para o último arranco da subida.

Ouvi atrás de mim um arranhão maligno no chão.

Um bando de araras se assustou e fugiu num alarido.

Que silêncio, depois... Enxerguei ainda uma siriema arisca que cruzou a campina e sumiu. E vi uma pedra que ali bem perto se mexeu sozinha.

"Ô – ôôô!"

Natal em Florença

O Natal se aproximava sob um frio terrível: as rajadas de vento lançavam poeira de gelo na face dos que ousavam caminhar fora de casa.

Naquele tempo vivia em Florença um jovem casal brasileiro: ele havia ganho uma bolsa de estudos e resolvera trazer a sua amada. Viviam num sótão à margem do rio Arno e comiam uma refeição por dia numa cantina de operários na mesma rua, San Nicoló.

Eles caminhavam encolhidos rente às paredes, e se você leu "A Pequena Vendedora de Fósforos", de Andersen, deve lembrar o que sente um estrangeiro ao ver as janelas acesas, ao escutar risos e cantos, ao imaginar a mesa posta com pratos natalinos nas casas por onde passa.

Nossos dois jovens subiram os seis lances da escada escura como breu para chegar ao seu quarto sem aquecimento. Olhavam a rua deserta pela estreita janela quando surgiu o vulto do carteiro. Mais que depressa, fizeram descer um cestinho preso na ponta de uma corda. Dessa vez, o esperançoso cestinho subiu com um envelope grande, recebido com gritos de alegria. Vejam só: o prefeito, Giorgio La Pira, convidava os estudantes estrangeiros para a ceia de Natal no Palazzo della Signoria.

Conhecer La Pira era um privilégio: os florentinos se orgulhavam desse prefeito original que morava no convento dos franciscanos e encarnava o que de mais nobre havia em sua cultura.

E o nosso casalzinho entrou no palácio renascentista sob as esplêndidas pinturas das abóbadas. Quando seus olhos desceram até o chão, viram a mais bela mesa com que se possa sonhar. E os olhos se enchiam de lágrimas só de contemplar as formas e as cores das iguarias.

A jovem observou os convidados dispersos pela sala, que pareciam bem modestos: a escultora inglesa escondia as pontas roídas de suas luvas, o cachecol do pintor chileno não ocultava o seu paletó gasto, e a túnica do poeta do Senegal mal disfarçava a magreza de seus ombros. Habituados a peregrinar por igrejas e museus com estômago vazio, todos dirigiam o olhar para a soberba mesa.

Entrando, La Pira saudou os estudiosos por haverem escolhido a cidade que era a mais pura expressão do Renascimento. Anunciou que após a ceia seriam homenageados com canções de Natal pelo coro dos meninos florentinos.

Com suas vestes brancas e vermelhas, entrou o coro encantador dos *bambini* que pareciam outros tantos anjos de Ghirlandaio ou Boticelli.

Os meninos rodearam a mesa em primeiro lugar: ouviu-se um triturar ruidoso por alguns minutos. Finalmente eles se afastaram para que os convidados se aproximassem. Que amarga surpresa! Os *bambini* haviam devorado até o último doce, até o último confeito das tortas, até a última migalha dos bolos.

Os estrangeiros foram se afastando dos pratos vazios e se aninharam contra as paredes, engolindo polidamente a decepção.

Então ouviram em seus idiomas as canções natalinas, aquelas que serão sempre a mais grata e persistente das lembranças humanas. A infância voltou com os natais passados, o aconchego do lar, a presença dos avós.

O coro subiu e dialogou com os *angeli musicanti* dos tetos que responderam com seus pandeiros e liras.

Os estrangeiros, revigorados pelo celeste alimento, voltaram aquecidos para as mansardas e sótãos onde viviam.

Para Quem Gosta de Cabaças

Outro dia estava lustrando com flanela as cabacinhas que colhi. Elas são castanhas e têm as formas mais curiosas: redondas, de pescoço... Semeia-se na entrada da primavera, na mesma época das abóboras. Quando despontam, já são encantadoras no seu formato.

Nós as colhemos ainda verdes, e logo elas vão secando e ficando ocas e marrons. Com elas, o povo da roça faz boas vasilhas, potes, canecas, conchas.

As sementes fazem dentro dela um ruído musical; a cabaça é um instrumento. Os indiozinhos a sacodem para brincar (existirá chocalho mais bonito?).

Nas danças religiosas, seu ruído estranho é interpretado como a voz dos mortos e dos deuses.

Seu formato, tão humano, permite que dela se façam máscaras rituais. E o menino Miguilim, de Guimarães Rosa, sonhava com uma cabacinha formosa, amarrada com três cipós, boa para viagem.

No Natal os presépios populares muito as utilizam para fazer figuras humanas, e uma grande, cortada ao meio, serve de gruta de Belém. As crianças podem colorir cabaças nas vésperas do Natal, para dar como presentes, e nas primeiras chuvas da primavera podem plantá-las no quintal da escola para fazer:

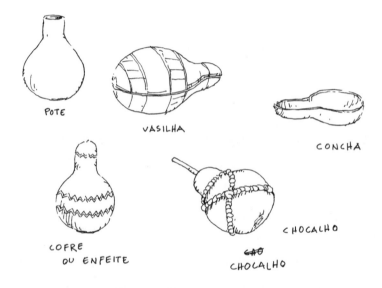

Lembro-me do dia em que plantei as minhas. Era o início de setembro e caía uma chuvinha prometedora.

Com o bolso do avental cheio de sementes, fui até a beira da cerca.

Quando vi as crianças do vizinho, fiz um gesto de cumplicidade e tomei um ar misterioso que sei que é irresistível.

Elas passaram por baixo da sebe e num instante me rodearam.

Caminhei até cinco montes cônicos de terra. Abri com as mãos um pequeno buraco no alto de cada um, distribuí as sementes entre os garotos e pedi que depositassem de três a cinco nessas covinhas.

Ia explicando: essa é a *moranga* de gomos, chata e vermelha. Esse é o pequeno *jerimum* do Nordeste, estriado de verde, de polpa rosada e doce. Essa é a *menina brasileira*, curva e pesada como peça de ouro brunido. Todas dão flores laranja, de que se faz petisco delicioso, e dos brotos se faz a cambuquira. A cabaça dá flores alvas.

"Mas por que você não fez covas como todos fazem para plantar?"

"Porque... nem sempre se precisa cavar o chão. Mais fácil é raspar a terra boa da superfície e amontoá-la assim. E depois há um motivo especial para esses montes engraçados: queria plantar no alto uma semente de valor, que veio de longe."

Vejam, meninos... a *zapaya*! Esses três grãos vieram de Cuzco no Peru. A *zapaya* é a grande abóbora que os incas plantam e que alimenta os camponeses pobres dos Andes.

Pensamos, todos ao mesmo tempo, numa índia de pés miúdos e descalços, inclinada para o solo, o filho preso nas costas por uma faixa colorida.

Nós nos aproximamos do último monte e, em silêncio, depositamos as três sementes naquele altar de terra.

A chuva fina era uma flauta quéchua, atrás das folhas, ali perto de nós.

Vou alinhando na prateleira as cabaças reluzentes. Qual a mais bela? Todas. Inclinam a cabeça atentamente para nós, maternais como numes tutelares da casa.

Sacudo uma delas como faz um indiozinho.

Surpreendida, escuto lá dentro vozes antigas, risos de criança, ruídos de passos que voltam...

E assim foi que alguém plantou e colheu o que não se come, a fruta oca, cheia de memória e de som.

Rapto em Lisboa

A alma de Portugal se esconde com certeza no átrio escuro do mosteiro dos Jerônimos, onde repousam lado a lado Camões e Vasco da Gama.

Mas onde se oculta a alma de Lisboa? Eis um mistério.

Procurei-a na beira do Tejo, que reflete o casario de azulejo e ferro forjado. Em vão. Embarquei nos pequeninos bondes que sobem e descem ladeiras com valentia. Fui parar nos destinos mais diversos: na Ajuda, nos Anjos e nos Arroios; no largo do Rato, no beco do Funil, na rua do Cego, no Pote d'Água, na Parreirinha da Graça e no Pocinho das Mouras, de onde voltei à tona, enfeitiçada.

Não encontrei, porém, a alma de Lisboa nesses trajetos, e chegava a hora de partir. Cansada, afundei no tesouro da Biblioteca Nacional onde me tornei rato constante.

Confesso que nos últimos dias o viajante sente um travo amargo na boca: convive com porteiros de hotel, funcionários de turismo, bilheteiros de estação, gente que, se tem fala gentil, é dura e fria como um cifrão.

Nas casas noturnas escutei fadistas nervosas que batiam o pé até conseguir silêncio e cantavam torcendo com temperamento as pontas do xale.

O fado é queixoso e feminino; pode lá um homem cantar o fado? Assim pensava eu antes do rapto. Escutem só.

Na noite da captura, noite brumosa, nos perdemos na cidade. Encontrando por sorte um guarda, perguntamos algo sobre um roteiro para escutar música. Ele não sabia. Dobramos a esquina, demos alguns passos indecisos, quando percebi que alguém nos seguia.

Divisei uma mulher envolta num xale, carregando uma sacola rasgada, pelo jeito vinda de um longínquo subúrbio; ela escutara nosso diálogo com o guarda.

Olhava fixo os dois estrangeiros e gritou: "Venham cá!"

Afastamo-nos rápido. "Parem já! Venham comigo!" Era uma ordem. Fugimos. Mas essas velhas lisboetas, que devem ter apregoado peixes nas esquinas, têm uma caixa torácica impressionante!

"Voltem!" Embalde corremos pela quadra; ela nos perseguiu como uma galinha zangada persegue o pintinho fujão.

Alcançou-nos. Sua natureza não suportava indecisos perdidos na bruma e decidiu:

"Vamos para o Castelo de São Jorge, é meu destino desta noite."

"Mas não é nosso. Adeus."

Ela era dessas que não largam o osso, e continuou em nosso encalço. Chegamos a um ermo desconhecido, ao ponto final do bonde São Tomé. Embarcamos os três. Laura d'Assunção (eis o seu nome) gabou-nos o bonde – condução dos "poupadinhos" – e apresentou ao condutor os senhores brasileiros. Ele tirou respeitoso o boné e logo nos perguntava sobre a nossa telenovela, que naquele momento empolgava os portugueses.

Todos os passageiros voltaram a cabeça para nós, a respiração presa.

Magnânima, vou narrando para os assombrados lusíadas os lances finais da novela.

Laura nos vigiava, orgulhosa de seus troféus, aqueles dois mimosos brasileiros cuja captura tanto sacrifício lhe custara. Vá algum aventureiro querer lançar mão deles! Pôs fim à narrativa, sentenciando: "Ora, pois... para que se apoquentar com essas tramas se afinal terminam mesmo em beijocas!"

Descemos no ponto final e ela nos conduziu por um emaranhado de ruelas e becos no coração da Mouraria.

Que ninguém sem um guia seguro tente essa aventura.

Enquanto subíamos, atravessamos praças encantadas por chafarizes mouros onde Laura d'Assunção se detinha. Do fundo da sacola apareceu um copo, pois ela recolhia essas gotas que há séculos pingavam de folhagens e musgos.

Foi nos contando sua vida de que as pedras do chão eram testemunhas. O nascimento, o porquê de seu nome: contou-nos o solene batizado no adro da igreja, onde a madrinha, num gesto inspirado, arrebatou a coroa da Virgem da Assunção e a colocou na cabeça da recém-nascida. Que susto no céu! A Virgem, mais o cortejo dos anjos, foi à procura do seu resplendor de prata e o encontrou sob o poder de uma inocente. Após as negociações, a rainha do céu retomou a suspirada coroa, mas só em troca de raros dons para a criança.

Penso que a teimosia invencível de Laura é uma dessas prendas recebidas. E o lindo sorriso. E o nome. E outros dons que desconheço.

Quis segurar seu braço: "Você é a amiga que sempre esperei. A quem se pode contar tudo: desde a dor de um sapato apertado até a fraqueza mais risível. Aquela que afasta os sopros maus e nos protege".

Por um portal escavado na muralha atingimos as ruínas do castelo, a alcáçova dos mouros, mais antigo que o próprio Portugal.

Ali do alto se via Lisboa em miríadas de luzes trêmulas, refletida no Tejo. Foram chegando os rapazes dos bairros e freguesias, os fadistas com suas guitarras e soluços. As cachopinhas que cheiram bem, de cravos na cabeleira. Os enamorados da noite.

Ainda avistei Laura com o copo cheio a oferecer, para todos, a "áugua fresquinha, fresquinha".

Mas chegou o cego do acordeão e o luar se espalhou no rio Tejo sobre as embarcações notívagas.

Ouvimos o fado verdadeiro, confessado com recato como um poeta diz seus versos.

A lua foi crescendo só encoberta pelo xale negro da fadista, que às vezes se agitava e escurecia o céu.

Apaixonados por Lisboa, nós perdemos Laura em meio ao povo. Ela não voltou para nos capturar de novo em horas tardias.

Tivemos que descer sem ela à Mouraria, o labirinto enluarado.

Embaixo, o bondinho de São Tomé nos aguardava aceso, derradeira embarcação de um rio noturno.

Éramos os únicos passageiros.

O condutor lembrava os avós dos fadistas de hoje – aqueles, sim! – que nas noites de verão se reuniam ao pé do cruzeiro de São Lourenço.

Procurei Laura nos jardins e avenidas, na multidão que emergia nas saídas do metrô. Até o último minuto, da janela do trem procurei Laura; meus olhos percorriam a estação, e afinal se ergueram para a cidade.

Lá no alto, perto do Castelo, enxerguei o xale vermelho de uma velhota ao pé de um cesto, sentada nos degraus de uma ladeira curva. Seria uma vendedora de castanhas? Quem sabe sua cantilena seria a mesma que minha avó cantava...

O trem ganhou velocidade e deixou Lisboa rumo ao norte.

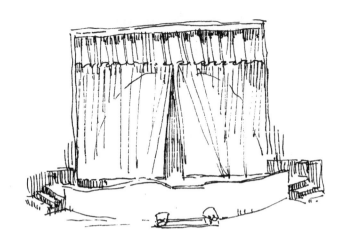

A Primeira Vez que Vi um Francês

Era uma noite de verão e as crianças corriam sob as mangueiras da praça. Entre elas, uma de joelhos sempre esfolados, magrela e de tranças, que é esta contadeira de histórias.

Esperava-se a cada momento a chegada de uma trupe de atores vindos de fora para representar em nossa cidade. E a cidade inteira acorreu para assistir *A Glória de Roma*. Esse era o nome da peça.

Além disso, o autor, um legítimo francês, viria, em pessoa, assistir à estreia.

O salão paroquial estava preparado com palmas verdes e luzes coloridas.

No modesto palco só havíamos assistido a autos de Natal e peças religiosas.

Tanto esses enredos me maravilhavam que um dia, no quintal, quis representar a vida de Joana d'Arc. Camisola branca, olhos postados no céu, me fiz amarrar pelas primas num tronco, sobre uma fogueira.

Um vizinho viu a fumaça, pulou o muro a tempo de salvar a devota criança que agora vos escreve.

Mas voltemos àquela noite de verão, e escutemos o vigário chamar uma das meninas. Colocando a mão sobre sua cabeça apresentou-a ao imponente estrangeiro, autor de *A Glória de Roma*:

"Quero que o senhor conheça esta menina. Vive lendo e inventando histórias. Diga ao escritor, minha filha, se já leu algumas páginas na língua dele."

Um lampejo de alegria iluminou meu rosto. Sim, eu havia lido e traduzido, com ajuda da professora (minha saudosa madre Bernadete!), um poema tão belo que nunca esqueceria.

O francês riu condescendente:

"Diga, então: que poema será este?"

A princípio inaudíveis, os versos de Lamartine sobre o outono foram me subindo aos lábios. O poeta saudava os bosques coroados de verdor. E os versos eram tão melodiosos que esqueci tudo o mais e, comovida, recitei:

"Salut, bois couronnés d'un reste de verdure..."

Ao ouvir tais palavras, o rosto do francês se transformou: os traços se endureceram numa expressão de desprezo.

Pronunciei o adeus do poeta aos últimos dias belos:

"Salut, derniers beaux jours!"

Os olhos que me fitavam eram tão coléricos que comecei a tremer. Mas o vigário ingenuamente me ordenou: "Continue!"

Ainda consegui balbuciar o verso em que o poeta segue com passo sonhador o atalho solitário:

"Je suis d'un pas rêveur le sentier solitaire."

O teatrólogo, nesse momento, me pareceu ameaçador; interrompi a estrofe e fugi. Fui me refugiar no salão onde *A Glória de Roma* iria começar e me encolhi na última fileira. Como um macaquinho, ousara dizer versos sublimes na língua que não me pertencia.

As luzes se apagaram. Vi a cortina subindo através de minhas lágrimas.

No meio da cena, um imperador romano andava a passos largos, acompanhado por um pajem. Então ele se deteve numa janela, contemplou a paisagem e iniciou um monólogo:

"Salve, bosques coroados de um resto de verdor,

Salve, últimos dias belos!"

Compreendi tudo: eram os versos que o francês havia surrupiado de Lamartine. Daí sua raiva contra a garota brasileira que, por acaso, conhecia o poeta. Comecei a rir no escuro.

Antes que o imperador tivesse seguido com passo sonhador o atalho solitário, o francês havia desaparecido.

O Mistério da Bengala Oca

*N*ada afirmes, nada jures, ó mortal. Debaixo do sol tudo é inconstante, os tempos são vários, e inesperados os seres.

Dos fatos que vou relatar por inteiro, a polícia ocultou grande parte da imprensa, mas já lá se vão dois anos!

Naquela época tínhamos o costume de afirmar: "Com a Ema não acontece nada. Sua vida é um remanso".

Chegando aos 86 anos ela declarou: "Não sou velha, velho é quem desistiu da luta. Sou anciã".

Sempre morou ali, nossa anciã, num sobradinho discreto em rua tranquila, na companhia da prima Clarice, mais jovem que ela, criatura doadora e animosa de quem é bom estar perto. Antônia, a fiel empregada, completa um trio inseparável.

Os anos passam, o sol da manhã bate no terraço, dona Ema sai para comprar jornal: "Uma anciã tem que se informar de tudo para aconselhar".

E, de fato, ela é conselheira por eleição de todos; a autoridade flui dela como um rio profundo.

Aparecem parentes e amigos querendo zelar pelas três frágeis criaturas, mas sempre na hora do almoço ou da janta. E elas não têm descanso.

Dona Ema me telefona às vezes contando as novidades: "Lembra da agulha de tricô que sumiu? Apareceu debaixo da almofada da Clarice."

Ou:

"Hoje a gata subiu no piano e deu uma rabada que derrubou meu vaso de rosas."

Finjo-me assombrada com essas notícias.

Mas um belo dia... a anciã saiu para buscar o seu jornal e tropeçou na calçada. Logo a filha presenteou-a com uma bengala elegante, tendo, no alto, a cabeça de pato em metal.

A partir daí o tema das conversas eram as peripécias das três para esconder a bengala do bisneto: "Você já imaginou se um dia o garoto bater a cabeça do pato no vidro da cristaleira? Vai ser o fim do mundo".

O fim do mundo chegou de outro jeito naquelas vidas pacatas, quando Antônia me telefonou:

"Você pode dar um pulinho até aqui, agora? Dona Ema, sem querer, desatarrachou a cabeça do pato..."

"Você acha que eu preciso ir até aí só por causa disso?"

"Mas é que a bengala era oca. Dentro tinha umas ampolas cheias de pozinho branco. O que será que é?"

Recomendei sigilo e fui à procura da filha autora do presente.

Juntas, partimos atrás do ambulante que vendera e que possuía um quiosque de conserto de guarda-chuvas não longe da praça da Sé. Nem sinal da criatura. Perguntamos na vizinhança mas ninguém sabia do seu paradeiro.

Resolvemos avisar a polícia naquele mesmo dia.

Às onze horas da manhã, Clarice saiu para as compras, pois Antônia não estava em casa. Logo depois, um estranho vem à procura de dona Ema e a encontra descansando na poltrona, a gata nos pés. Maneiroso, ele revela ser químico especializado em substâncias raras e pede para examinar aquele pó. Dona Ema, lisonjeada e feliz de poder conversar um pouquinho sobre as estranhas ampolas, confessa que as escondeu debaixo dos novelos de lã.

"O senhor pode examinar se quiser. Também estou curiosa de saber o que elas contêm."

E nesse momento Clarice entrou por trás e, da porta da cozinha, viu a cabeça abaixada de Ema a remexer a cesta de novelos. Viu o estilete na mão oculta do homem. Adivinhou sua intenção criminosa. Leitora da Bíblia, sabia que o mal existe e ronda a criação. Invocou o salmo dos momentos de perigo: "O Senhor é meu pastor, nada me faltará... Teu bastão e teu cajado me confortam..."

Mas as palavras se confundiam presas na garganta.

Ela se viu impotente e mísera e só conseguiu dar um gemido: "Ah! Minha mãe!"

Lembrou com nitidez o rosto moreno, o limpo azul dos olhos da mãe. A frigideira de ferro que fora dela estava ali, pendurada na porta.

A sequência de pensamentos e gestos foi rápida.

Quando dona Ema ergueu a cabeça, o homem já tinha desabado no chão, e Clarice pendurava com respeito a frigideira atrás da porta.

O estranho acordou horas depois, na prisão, e a polícia recolheu dele informações surpreendentes sobre o tráfico de drogas neste e noutros países.

Mas o fato é que dona Ema ficou sem a bengala, e como o Natal se aproximava, resolvi presenteá-la com outra. Escolhi uma sóbria e forte, sem cabeça de pato, apenas um globo forrado de couro para o apoio da mão.

Outro dia, fui visitá-las. Antônia lidava no fogão, Clarice tomava sol com a gata no jardim, mas dona Ema, com o tricô largado no colo, meditava, o que é, a seu ver, o verdadeiro ofício de anciã.

Então ela foi voltando a si com uma expressão curiosa no olhar.

Ergueu as mãos e, atentamente, começou a desatarrachar o globo da bengala nova.

Sete Cachoeiras

$\mathcal{D}$ominguinho não gosta de enxada. Mato, só arranca de mão. Natural de uma zona de mata, vindo de bosques umbrosos, sabe limpar bem as plantas rasteiras, de raiz à flor da terra.

Seus dedos esguios entre o enredo das folhas se esgueiram das espinhosas, respeitam as ervas boas e emergem delicados para a luz. Só ergue a cabeça quando um pássaro canta: aprendeu a imitar os pássaros com o assobio.

"Dominguinho, você é um ET."

Primeiro escuta com ar absorto, depois responde com ar cúmplice a cada chamado. Imita bem os gritos da saracura anunciando chuva:

"Queeebrei três poootes com um dedo só!"

Ele é miúdo, e quando ri, fica ainda menor, como se quisesse encolher ou ficar mais leve sobre o pouco chão que ocupa no planeta. Mora numa cocheira abandonada.

Sua família também teve origem agreste:

"Ia beirando a capoeira lá perto da Ponte Lavrada quando escutei uns gemidos. Ó tristeza! Era uma moça desonrada, expulsa da família, que estava parindo no mato."

Não é preciso dizer que Dominguinho a recolheu, bem como ao recém-nascido, zelou pelos dois e ofereceu à mulher seu sobrenome no registro civil.

Dinorá – nome de pétalas crespas, nome que as abelhas rodeiam. Poderia uma jovem com esse nome ser votada à infelicidade?

"Ela merecia acomodação melhor, dou o que posso. A gente tinha tanto gosto que a senhora fosse lá ver o menino!"

Fui conhecer a família de Dominguinho.

Cerca de bambu com roseira. Açucena. Bogari. Flores no meio da horta viçosa. Dominguinho, iluminado de prazer, me faz entrar. A cocheira caiada é alta, espaçosa.

Nas prateleiras, canequinhos de lata sobre toalhas de papel recortado. Dinorá é prendada.

Descobri, num relance, um candeeiro de lata vermelha, feito em casa, gracioso como um brinquedo.

Na penumbra, o perfil da mãe contra a janela, sorrindo para a criança.

Um minuto aqui vale mais de dez anos lá fora, onde o mundo é um desterro.

Mas a vida de Dominguinho nem sempre foi envolvida nesse perfume de Nazaré. Passou pedaços bem duros, escutem só:

"De uma feita, tava trabalhando abaixado e recebi um bote por trás. Escureceu tudo; a picada de cobra me doeu dentro dos olhos. Eta veneno brabo! Fiquei mal e fui piorando tanto que até pelas unhas comecei a verter sangue. Já tava morrendo quando me levaram numa rezadeira. Ela me olhou abanando a cabeça, como descrendo da cura.

Pensou um tanto quietinha e, quando abriu a boca, que remédio custoso me receitou!

Tinha eu que entrar na correnteza, com uma pedra no chapéu, dando as costas para sete cachoeiras. E guentando firme de pé aquele estrondo de água.

Mas eu não queria morrer não e fui me arrastando pelo sertão afora atrás das sete cachoeiras, cumprindo a sina que a benzedeira me ordenou. Sarei, minha gente. Com o poder de Deus e o conselho da velha, eu sarei."

E lá foi Dominguinho ouvir a corruíra, catar amora, colher um juá-de-capote, se perdendo nas ramagens, se afastando de nós.

Aconteceu que eu contei um dia esses eventos miraculosos para um cientista com fama de sábio. O mestre me escutou atento e na passagem das cachoeiras seus cabelos vermelhos se eriçaram.

Quando terminei, ele bateu na cabeça e deu um pulo. Sim, deu um pulo.

"Absolutamente genial. Uma rezadeira do sertão, hein?! O que entendia ela de mudanças bioelétricas no sangue? Foi o que ela conseguiu. Quando tudo teria falhado, um remédio heroico."

Desandou numa explicação sobre íons, polos positivos e negativos, mudança de teor nas conexões das células, coisas que não entendi bem, mas que haviam acontecido na corrente sanguínea do Dominguinho.

Fiquei de queixo caído um bom tempo. Afinal perguntei:

"E a pedra no chapéu?"

"Simples recurso psicológico. Para dar segurança a seu amigo; uma sensação de peso, de equilíbrio, no repuxo forte do rio."

Setembro

Sempre ouvimos com muito agrado a história que os gregos contavam para explicar o retorno da primavera.

Quando lentamente se escoam os meses frios e tardam as águas de setembro, por que estranhar o que até os deuses entristecia?

Ouça o mito da primavera ou a história de Deméter ou Ceres (nome latino, de onde vem "cereal"), deusa grega da colheita e da terra. A deusa, que gosta de caminhar pelos campos e tem as mãos cor de argila, os dedos que parecem de barro cozido como as mãos dos lavradores de sol a sol.

Um dia, a filha de Ceres colhia papoulas nos prados da Sicília ou perto do jardim de Elêusis, quando foi raptada por Hades, deus do reino para onde vão os que morrem. Ao ver se aproximar o carro de sombras, a menina deu um grito.

Ceres, que estava longe dali, de repente ficou apreensiva e chamou em vão pela filha.

Começou a procurá-la com seu pés infatigáveis.

Envolta num xale, como pobre velha, vai perscrutando o horizonte vazio.

Onde está Perséfone, a de cabelos cor de mel, a de terno sorriso?

A deusa se recusa a subir aos céus para exercer suas funções divinas. Caminhando, vai de herdade em herdade, de sítio em sítio, onde pede emprego como se fosse uma criada. Os deuses orgulhosos estremecem no Olimpo.

As folhas caem, ventos frios sacodem ramos despidos.

Os rios se congelam e os cumes embranquecem. Nem frutos, nem grãos, nem folhas... Ceres está triste.

Homens piedosos suplicam a Zeus pela natureza.

Zeus se condói da desolação da terra e resolve fazer um trato com o ciumento Hades. Perséfone continuaria com seu esposo, ainda rainha dos lugares ermos e silentes... mas passaria alguns meses na companhia materna.

Assim foi desde então. Todo ano, na mesma época, ela atravessa o rio das sombras e corre ao encontro de sua augusta mãe, deixando verdes as campinas onde pisa.

Quando a deusa sorri ao avistá-la, a brisa agita as tranças de Perséfone e despontam flores onde tocam suas vestes.

Eis que as duas se encontram ternamente e, abraçadas, começam a se elevar da terra.

Chegou a alegria de Ceres, que se renova todos os anos com a chegada de Perséfone.

Olho com atenção as árvores que plantei à minha volta. Pesam nos galhos nêsperas douradas. Os morangos plantados em maio frutificam. A amoreira curva os galhos carregados.

Eis que tenho diante dos olhos novamente a menina que estava longe, a de cabelos castanhos, a de terno sorriso.

A terra, ansiosa pelas primeiras chuvas, pede para ser cultivada. Com as mãos cheias de grãos podemos semear o milho, porque setembro chegou.

Não Tenho Cachorros

O malfeitor chegou ao povoado do vale.

– Que fim de mundo! Aqui ninguém põe as mãos em mim.

Lugar como aquele nunca vira: era um povinho simplório de lavradores que não tinha medo de ladrão e que recebia um estranho sem receio algum.

Encontrou no mesmo dia um quarto na casa de uma viúva e resolveu se ajeitar ali por uns tempos. Para sua bronquite, explicou, nada como aqueles ares.

Logo estava entrando nas casas que eram modestas, de madeira. Com seu golpe de olho certeiro examinava os pertences. Nada havia de valioso: retratos de família em molduras que haviam sido douradas enfeitavam as paredes e eram o mais prezado dos bens que possuíam. O resto eram trastes pobres e velhos.

Fora aceito pelos moradores. Só as crianças ainda o observavam com curiosidade benigna quando passava pela rua principal.

Havia quatro ruas apenas dentro de uma paisagem de araucárias.

Uma casa maior, de pedra e alvenaria, dava para a mata, já no fim do povoado, cercada de arvoredo. Muros baixos, verificou.

Mostrando cauteloso interesse, conseguiu que as famílias o convidassem para visitar a moradia, no sábado à tarde quando cessam os trabalhos da roça. Percebeu que tinham prazer em satisfazê-lo.

Os portões estavam abertos e o grupo entrou. Venezianas ao rés do chão, também abertas, deixavam entrever pacíficos interiores.

A mesinha posta sob as árvores com chá, refrescos e biscoitos aguardava hospitaleira.

Atrás dela, a dona da casa, toda de branco (só usa o branco, disseram), a saia rodada que ia quase aos tornozelos. Era passada dos quarenta, mas se vestia como uma garota, reparou. Ou melhor, como uma boneca antiga.

Teve vontade de rir, mas ela demorou nele seus olhos confiantes, olhos que pareciam amarelos, de um castanho tão claro.

Servia a cada um com passos leves, como se mal tocasse o chão, e o silêncio a rodeava apesar das conversas e risos dos vizinhos. Quando ela se inclinou para encher seu copo, ele observou os brincos de ouro e o pendente no pescoço.

– A senhora mora sozinha? – perguntou.

– Sempre morei sozinha.

– E os cachorros, onde ficam?

– Não tenho cachorros – respondeu sorrindo.

Aquela frágil segurança o aborreceu. Como a mulher parecia tola com seu imprudente sorriso!

Resolveu assaltar a casa naquela mesma noite.

Quando a última luz se apagou nas janelas, rumou para o final do povoado e escalou o muro da casa.

Saltou. O solo do jardim era coberto por uma grama escura, que chamam alfombra e que abafou a queda.

As venezianas já estavam fechadas.

Ele sentiu que algo se movia no profundo silêncio. Não conseguiu dar um passo. Ficou preso à parede e viu.

Uma loba branca, de olhos amarelos, avançava em sua direção.

Sobre a Autora

*E*cléa Bosi nasceu em São Paulo, filha de d. Ema – dos Strambi da rua da Consolação – e de Antonio Correa Frederico, família com raízes em Santo Amaro e Pinheiros. Era casada com Alfredo Bosi e teve dois filhos, Viviana e José Alfredo. Faleceu em 9 de julho de 2017.

Foi professora de psicologia social na Universidade de São Paulo, coordenadora da Universidade da Terceira Idade na mesma instituição e militante de ecologia. Autora de *Cultura de Massa e Cultura Popular – Leituras de Operárias, Rosalía de Castro: Poesias* (tradução); *Simone Weil – A Condição Operária e Outros Estudos sobre a Opressão, Memória e Sociedade – Lembranças de Velhos, A Casa & Outros Poemas* (edição póstuma) e *O Tempo Vivo da Memória – Ensaios de Psicologia Social*, publicado pela Ateliê Editorial.

Sobre o Ilustrador

$\mathcal{N}$ascido em São Paulo e formado em arquitetura pela USP, Odilon Moraes é ilustrador e autor de livros ilustrados. Ganhador de vários prêmios Jabuti na categoria ilustração e também agraciado por três vezes como "o melhor livro do ano para crianças" pela Fundação Nacional do Livro Infantil e Juvenil (FNLIJ) com sua obra composta de texto e imagem. Estudioso do livro ilustrado, foi professor convidado do Instituto de Estudos da Linguagem da Unicamp.

Título	Velhos Amigos
Autora	Ecléa Bosi
Ilustração	Odilon Moraes
Editor	Plinio Martins Filho
Produção Editorial	Aline Sato
Capa	Camyle Cosentino (projeto)
	Odilon Moraes (ilustração)
Editoração Eletrônica	Camyle Cosentino
Formato	16 x 23 cm
Tipologia	Aldine 401 BT
Papel	Pólen Bold 90 g/m² (miolo)
	Cartão Supremo 250 g/m² (capa)
Número de Páginas	120
Impressão e Acabamento	Graphium